Alte Märchen neu erzählt

Band 1

Brigitte Hagen

Impressum:

Alte Märchen neu erzählt – Band 1   Brigitte Hagen

Zeichnungen   Anne Hagen
Fotos   Hans Weißer
Layout   Erich Doerper

4. Auflage September 2015

ISBN   978-3-7386-4449-4

Selbstverlag   Brigittte Hagen
                                              Ant Streek 14
                                              26632 Ihlow-Westersander
                                              Fon 04945 912050
                                              Email: brigitte.hagen@ewe.net

Herstellung und Verlag   BoD-Books on Demand, Norderstedt

Alle Rechte vorbehalten

Inhaltsverzeichnis   Seite

Vorwort	9
Sterntaler	15
Rumpelstilzchen oder die schöne Müllerstochter	23
Der König und das Licht	33
Nachwort	41
Gedanken zu »Sterntaler«	42
Gedanken zu »Rumpelstilzchen«	44
Gedanken zu »Der König und das Licht«	47
Zur Erzählerin	48
Zur Illustratorin	49

Vorwort

»Märchen sind «märchenhaft,
Märchen sind «zauberhaft!«

»Stellen sie sich vor, es gäbe ein Zaubermittel, das ihr Kind stillsitzen und aufmerksam zuhören lässt, das gleichzeitig seine Fantasie beflügelt und seinen Sprachschatz erweitert, das es darüber hinaus auch noch befähigt, sich in andere Menschen hineinzuversetzen und deren Gefühle zu teilen, das gleichzeitig auch noch sein Vertrauen stärkt und es mit Mut und Zuversicht in die Zukunft blicken lässt.

Dieses Superdoping für Kinder gibt es. Es kostet nichts, im Gegenteil, wer es seinen Kindern schenkt, bekommt dafür noch etwas zurück: Nähe, Vertrauen und ein Strahlen in den Augen des Kindes.

Dieses unbezahlbare Zaubermittel sind die Märchen, die wir unseren Kindern erzählen oder vorlesen. Märchenstunden sind die höchste Form des Unterrichtens.«

So drückt es Gerald Hüther in einem Aufsatz aus. [1]

Dieses Geschenk der Nähe und des Vertrauens, von dem Gerald Hüther spricht, und das Strahlen in den Augen nicht nur der jungen, sondern auch der erwachsenen Zuhörer darf ich in meinen Märchenveranstaltungen immer wieder erleben, – ja, es geht wirklich ein ganz besonderer Zauber von den Märchen aus!

Wenn ich mich für diese Veranstaltungen vorbereite und ein neues Märchen ›lerne‹ oder ein bereits erlerntes Märchen ›auffrische‹, dann ›lebt‹ es eine Weile in mir und zwar so lange, bis es zu meinem ganz persönlichen Märchenschatz geworden ist – und dabei verändert es sich – immer wieder.

Und so werden die Märchen auch wirklich immer wieder ›neu‹ erzählt!

Ich denke, das ist legitim, denn als die Märchen in früheren Zeiten an den langen dunklen Winterabenden von Mund zu Mund weitererzählt wurden, hat der Erzähler ganz gewiss auch seine persönlichen Anliegen und Wertvorstellungen mit einfließen lassen.

So können wir in der Märchensammlung der Brüder Grimm deutlich die Spuren der Moralvorstellungen des 18. und 19. Jahrhunderts entdecken.

Märchen sind keine realen Geschichten, es sind Fantasiegeschichten, in denen alles möglich ist, wie jeder weiß....

Das besondere an den Märchen ist, dass sie das **Urwissen** der Menschheit in Bildern, in Symbolen zum Ausdruck bringen.

Wenn man sich darauf einlässt und diese Bilder in sich wirken lässt, dann kann es geschehen, dass sie zu einer Art ›Lebenshilfe‹ werden, weil sich uns die eine oder andere Botschaft erschließt.

Um welche Botschaften geht es? Die Botschaften sind vielfältig. Jeder kann seine ganz individuelle Botschaft

entdecken, die heute anders sein kann als morgen.
Es hängt vom Leser, bzw. Zuhörer ab und seiner augenblicklichen Verfassung – und natürlich auch vom Märchen.

In Märchen geht es um Lebens- und Entwicklungswege: Jeder Mensch ist auf dieser Welt, um sich weiter zu entwickeln, nicht nur körperlich, sondern auch geistig und seelisch.

Dazu muss sich der Mensch **auf den Weg machen** und aktiv werden. Er muss. ähnlich wie die Märchenheldin oder der Märchenheld. die Geborgenheit und Sicherheit, aber auch die Bequemlichkeit aufgeben, er muss Gefahren bestehen, Aufgaben bewältigen.

Auf diesem schweren und oft auch gefährlichen Weg wird er nicht allein gelassen – das zeigen die Märchen ganz deutlich:

Es gibt immer **Helfer**, Helfer wie Feen, Zwerge, Elfen, manchmal sind es auch Tiere, ja sogar Steine oder Klänge –, sie alle können zu Helfern werden, wenn, – ja wenn der Märchenheld offen und bereit ist, sie wahrzunehmen und auf sie zu hören.

Ist das nicht eine wunderbare, tröstliche Botschaft – für kleine ebenso wie für große Leute? Das macht Mut und gibt ein Gefühl der Geborgenheit!

Wir sollten auch bedenken, dass die Menschen zu der Zeit, als die Märchen entstanden sind, weniger abstrakt dachten und sprachen, als wir heute. Für sie war das Denken und Sprechen in Bildern selbstverständlich.

Deshalb sollten wir die Märchen nicht mit unserem nüchternen und oft sehr kritischen Verstand betrachten, sondern mit einem liebenden, staunenden und dankbaren Herzen – dann werden sie sich uns in ihrer ganzen Schönheit und Weisheit erschließen.

Dabei wünsche ich allen meinen Leserinnen und Lesern, sowie den Zuhörerinnen und Zuhörern von Herzen gutes Gelingen, viel Freude und eine **wunder**volle Zeit im Land der Märchen....

Brigitte Hagen

»Die Wahrheit ist so groß, dass wir Menschen sie nur in Bildern zu fassen vermögen«

Paolo Colhoe

[1] *Neurobiologische Argumente für den Erhalt einer Märchenerzählkunst*
aus dem Buch
Stimme des Nordens in Märchen und Mythen – Märchen und Seele –
Königsfurt Verlag 2006

Sterntaler

(Nach den Brüdern Grimm)

Es war einmal ein Kind. Dem waren Vater und Mutter gestorben und es war mutterseelenallein auf der Welt.

Dennoch fürchtete es sich nicht, denn es fühlte sich geborgen und beschützt, beschützt von der Sonne, dem Mond und den Sternen.

Wenn es bei Tag in den Himmel blickte, die Sonne und die weißen Wolken sah, dann freute es sich und sprach:

»Liebe Sonne, ich danke dir, dass du heute so hell und warm für mich scheinst. Auch euch danke ich, ihr lieben Wolken – ihr segelt so fröhlich dahin, mir ist, als könnte ich mit euch segeln!«

Und wenn das Kind in den Nachthimmel blickte, dann freute es sich über den Mond, der mit seinem silbernen Licht die ganze Welt verzauberte. Vor allem aber freute es sich über das große weite Sternenzelt.

»Wie funkelt und blitzt ihr so fröhlich am Firmament!« rief es dann aus »und wie groß und weit ist doch der Sternenhimmel, endlos weit ... und die vielen Sterne, endlos an der Zahl!«

Es erschauerte ...

Für die Sterne sang es in solchen Augenblicken das Lied:

»Weißt du, wieviel Sternlein stehen
an dem blauen Himmelszelt.
Weißt du wieviel Wolken gehen
weit hinüber aller Welt.
Gott, der Herr hat sie gezählet,
dass ihm auch nicht eines fehlet,
an der ganzen großen Zahl,
an der ganzen großen Zahl!«

»Ja«, dachte das Kind, »wenn der liebe Gott all die vielen Sterne zählt und kennt, dann hat er gewiss auch die Menschen gezählt und kennt sie – und dann kennt er natürlich auch mich!«

Bei diesem Gedanken wurde es ganz froh!

Die Sterne bedankten sich für das schöne Lied und funkelten heller und heller, so hell, dass es ihm schien, als könnte es das Funkeln hören.

Das Kind hatte aber nicht nur Vater und Mutter verloren, sondern es war auch sehr arm.

Es hatte kein Häuschen, in dem es wohnen, kein Zimmer, in dem es spielen und nicht einmal ein Bett, in dem es schlafen konnte...

Dennoch war das Kind nicht traurig.

Es freute sich über
die Farben und den Duft der Blumen,
den Tanz der Schmetterlinge,
das Zwitschern der Vögel,
die Größe und Stärke der Bäume
und es hatte mit allen Tieren Freundschaft geschlossen.

Wenn die Hasen und Rehe das Kind sahen, kamen sie herbeigesprungen, ließen sich streicheln und füttern. So fühlte es sich geborgen wie in einer großen Familie.

— ❀ —

An einem bitter kalten Wintertag wanderte das Kind durch die große weite Welt.

Es war auf seinem Lebensweg.

Es besaß nichts – nur die Kleider, die es am Körper trug: eine Mütze, ein warmes Wollkleid und ein Jäckchen.

Eine mitleidige Frau hatte ihm ein Stück trocken Brot geschenkt. Das wollte es erst später essen, wenn der Hunger noch größer sein würde, als jetzt.

Als das Kind durch ein kleines Dorf kam, stand an der Ecke ein alter Mann.

Er streckte die Hand aus und rief: *»Habt Erbarmen mit mir, ich habe großen Hunger! Sollte ich vor Hunger sterben?«*

Unser Kind blieb stehen, reichte ihm sein Brot und sprach: *»Gott segne es!«* Der Alte freute sich, nahm das Brot und aß es begierig auf.

Das Kind freute sich über die Freude des alten Mannes.

Es setzte seinen Weg fort und kam auf ein freies Feld. Eisig kalt wehte der Wind.

Da kam ein Junge angelaufen. Er hielt beide Hände über die Ohren und rief: *»O weh, meine Ohren, meine Ohren müssen erfrieren!«*

Das Kind blieb stehen, nahm sein Mützchen vom Kopf und gab es dem Jungen mit den Worten: *»Hier, setz meine Mütze auf, dann werden deine Ohren wieder warm!«*

Dankbar nahm der Junge die Mütze, zog sie über beide Ohren und lief fröhlich singend davon.

Das Kind freute sich über die Freude des Jungen.

Es wanderte weiter, hinunter zum Fluss.

Da kam ihm eine Mutter entgegen mit ihrem Säugling auf dem Arm. Der schrie laut.

»Warum schreit dein Kleines so arg?« fragte unser Kind.

»Weil es friert!« antwortete die Mutter.

»Hier, nimm mein Jäckchen. Das wird es wärmen!«

»Ich danke dir von Herzen, du gutes Kind!« antwortete die Mutter, nahm das Jäckchen und wickelte ihr weinendes Kind darin ein.

Sofort hörte das Kleine auf zu schreien und die Augen der Mutter leuchteten dankbar und froh.

Das Kind freute sich über die Freude der Mutter.

Schließlich führte ihn sein Weg in den Wald.

Nicht lange, da begegnete ihm ein Mädchen. Das zitterte vor Kälte.

»Willst du mein warmes Wollkleid haben, damit du nicht mehr so frieren musst?«

»Gerne«, rief das fremde Mädchen.

Schon hatte unser Kind sein Wollkleidchen ausgezogen. Das Mädchen schlüpfte hinein.

»Ganz warm ist mir jetzt!« rief es fröhlich und hüpfte davon.

Das Kind freute sich über die Freude des Mädchens.

Es hatte nun nichts mehr, außer Hemdchen und Höschen, dennoch wanderte es mutig weiter.

Als es aus dem Wald trat, war bereits dunkle Nacht geworden.

Es blickte in den Sternenhimmel und sang wieder sein Lied: *»Weißt du wieviel Sternlein stehen …«*

Da fingen die Sterne so hell an zu funkeln, dass unser Kind sie wirklich hören und auch verstehen konnte: *»Wir haben dich lieb, wir haben dich lieb …«*

Sie funkelten immer lauter und heller, immer lauter und heller … und da fielen aus den Sternen goldene Taler auf die Erde, unzählige Sterntaler.

Rund um das Kind war der Boden schon ganz golden – bedeckt mit goldglänzenden Sterntalern.

Plötzlich fühlte es etwas Warmes am Körper, und wie es an sich hinunter blickte, sah es, dass es ein wundersames Kleidchen trug, warm, schön kuschelig warm, mit goldenen und silbernen Sternen – ein Sternenkleid!

Es blickte zu den Sternen, die nickten ihm freundlich zu und so sammelte es die Sterntaler in sein Kleid.

Von nun an war alle Not vorbei.

Das Sterntalerkind lebte ein Leben ohne Sorgen, glücklich, zufrieden und sehr dankbar und konnte noch viele andere Menschen mit seinem Reichtum glücklich machen.

Und wenn es nicht gestorben ist, dann lebt es auch noch heute.

Rumpelstilzchen oder die schöne Müllerstochter

Rumpelstilzchen oder die schöne Müllerstochter

(Nach den Brüdern Grimm)

Es war einmal ein Müller. Der hatte eine wunderschöne Tochter. Eines Tages kam der König zur Mühle. Er sah das Mädchen und fand Gefallen an ihm.

Als dies der Müller bemerkte, war er sehr stolz und sprach: »*Meine Tochter ist nicht nur schön, sie kann auch Stroh zu Gold spinnen!*«

»*Das ist eine Kunst, die mir wohl gefällt*«, antwortete der König. »*Wenn deine Tochter so geschickt ist, dann bring sie morgen zum Schloss. Da will ich sie auf die Probe stellen*«.

Am nächsten Tag geleitete der Vater das Mädchen zum Schloss und übergab es dem König. Dieser führte es in eine Kammer voll Stroh. In der Mitte stand ein Spinnrad.

»*Jetzt mach dich an die Arbeit*«, sprach er, »*wenn du bis morgen früh dieses Stroh nicht zu Gold gesponnen hast, dann musst du sterben!*«

Mit diesen Worten verließ er die Müllerstochter und schloss die Kammer zu.

Da saß nun das arme Mädchen, mutterseelenallein, und fürchtete um sein Leben. Wusste es doch überhaupt nicht, wie man Stroh zu Gold spinnt!

»So werde ich also morgen sterben müssen«, dachte es und brach in Tränen aus.

Plötzlich stand ein kleines Männlein vor ihm. *»Warum weinst du, schöne Müllerstochter?«*

»Sollte ich nicht weinen? Wenn ich bis morgen früh dieses Stroh nicht zu Gold gesponnen habe, muss ich sterben!«

»Was gibst du mir, wenn ich dir helfe?«

»Ich gebe dir mein goldenes Halsband«

Das Männlein willigte ein und das Mädchen gab ihm sein Halsband.

Der Kleine setzte sich sofort an das Spinnrad:

»Schnurre, schnurre Rädchen
spinne mir ein Fädchen,
schnurre, schnurre dreh dich schnell,
Stroh wird zu Gold – das glänzt so hell!«

Eine Spule nach der anderen ward voll von Goldfäden und als der Morgen graute, war alles Stroh zu Gold gesponnen.

So plötzlich, wie das Männlein erschienen war, – war es auch wieder verschwunden.

Bei Sonnenaufgang kam der König. Wie staunte er, als er das viele Gold sah. Doch sein Herz wurde davon noch goldgieriger.

So führte er am Abend das Mädchen in eine größere Kammer, die ebenfalls voller Stroh war und befahl ihm, auch dieses zu Gold zu spinnen, wenn ihm sein Leben lieb sei.

Verzweifelt saß die Müllerstochter wiederum da und weinte bittere Tränen. Plötzlich stand das kleine Männlein erneut vor ihr.

»Was gibst du mir, wenn ich dir auch dieses Mal helfe?«

»Ich gebe dir meinen goldenen Ring!«

Mit diesen Worten nahm sie den Ring vom Finger und überreichte ihn dem Männlein. Das setzte sich sofort an die Arbeit:

*»Schnurre, schnurre Rädchen,
spinne mir ein Fädchen,
schnurre, schnurre, dreh dich schnell,
Stroh wird zu Gold – das glänzt so hell!«*

Und das Männlein hörte nicht auf zu spinnen, ehe aus all dem Stroh Gold gesponnen war. Dann verschwand es so plötzlich, wie es erschienen war.

Als nun der König am anderen Morgen noch mehr Gold erblickte, freute er sich noch mehr, – und wurde noch goldgieriger.

Also führte er am Abend das arme Mädchen in eine dritte Kammer. Die war die allergrößte. Auch sie war voller Stroh. *»Wenn du mir auch dieses Stroh zu Gold spinnst, werde ich dich heiraten und du wirst Königin. Wenn nicht, so musst du sterben!«*

Damit ließ er die schöne Müllerstochter ein drittes Mal allein und schloss die Türe zu. Verzweifelt dachte sie an das kleine Männlein.

Schon stand es vor ihr!

»Was gibst du mir, wenn ich dir auch heute helfe?«

»Ich habe nichts mehr, was ich dir geben könnte!«

»So versprich mir, wenn du Königin bist, dein erstes Kind!

In ihrer großen Not versprach es die Müllerstochter. Das Männlein setzte sich abermals ans Spinnrad:

*»Schnurre, schnurre Rädchen,
spinne mir ein Fädchen,
schnurre, schnurre dreh dich schnell,
Stroh wird zu Gold – das glänzt so hell!«*

Und als die Arbeit getan war, verschwand es.

Wie nun am anderen Morgen der König sah, dass auch die größte Kammer voller Gold war, war er endlich zufrieden – und es wurde Hochzeit gefeiert.

Über ein Jahr schenkte die Königin einem wunderschönen Kind das Leben. Längst hatte sie das Männlein vergessen.

Plötzlich stand es vor ihr und sprach: *»Nun gib mir, was du versprochen hast!«*

Die Königin erschrak über die Maßen. Sie bot dem Männlein alle Reichtümer des Königreiches, wenn sie nur ihr Kind behalten dürfe.

Aber das Männlein sprach: *»Nein, etwas Lebendiges ist mir lieber als alle Schätze dieser Welt!«*

Da fing die Königin an zu weinen und zu jammern, und sie weinte so sehr, dass das Männlein Mitleid mit ihr hatte und sprach: *»Drei Tage will ich dir Zeit lassen um meinen Namen herauszufinden, wenn es dir gelingt, sollst du dein Kind behalten!«*

Nun besann sich die Königin die ganze Nacht über auf alle Namen, die sie jemals gehört hatte und schrieb sie auf. Und am nächsten Morgen schickte sie einen Boten, der sollte alle Leute in der Stadt nach ihren Namen fragen und auch diese aufschreiben.

Als am Abend das Männlein kam, hielt sie eine lange Liste von Namen in der Hand und las sie vor:

»Heißt du vielleicht Kaspar?
Heißt du vielleicht Melchior?
Heißt du vielleicht Balzer ...?«

Doch nach jedem Namen rief das Männlein:

»Nein, so heiß ich nicht! Nein, so heiß ich nicht!«

Als die Königin schließlich alle Namen vorgelesen hatte, rief es fröhlich: *»Jetzt komm ich noch zweimal ... und wenn du dann meinen Namen nicht weißt, hole ich dein Kind!«* Und fort war es.

Am zweiten Tag schickte die Königin den Boten aus, er sollte sich die Namen der Leute im ganzen Königreich sagen lassen. Und am Abend war die Liste noch länger und sie las dem Männlein die seltsamsten Namen vor:

»Heißt du vielleicht Rippenbiest?
Heißt du vielleicht Hammelswade?
Heißt du vielleicht Schnürbein …?«

Aber immer rief das Männlein:

»Nein, so heiß ich nicht! Nein, so heiß ich nicht!

Nun komm ich noch einmal. Und wenn du dann meinen Namen nicht weißt, hole ich dein Kind!«

Und damit verschwand es.

Am nächsten Tag schickte die Königin den Boten noch einmal fort. Die Leute im Königreich sollten ihm alle Namen sagen, die sie je gehört hatten.

Als er am Abend zurück kam sprach er: *»Neue Namen habe ich nicht finden können, aber wie ich durch einen großen dunklen Wald kam, sah ich auf einer Waldlichtung ein kleines Häuschen. Davor brannte ein lustiges Feuer. Und um dieses Feuer herum tanzte ein seltsames kleines Männlein. Es hüpfte immerzu und sang dabei:*

›Heute back ich,
morgen brau ich,
übermorgen hol ich der Königin ihr Kind!
Ach wie gut, dass niemand weiß,
dass ich **Rumpelstilzchen** *heiß!‹«*

Wie freute sich die Königin, als sie diesen Namen hörte und als das Männlein wieder vor ihr stand und fragte: *»Nun, Frau Königin, wie heiße ich?«* da fragte sie:

»Heißt du vielleicht Kunz?« »Nein!«
»Heißt du vielleicht Heinz?« »Nein!«
*»Heißt du vielleicht – **Rumpelstilzchen?«***

»Das hat dir der Teufel gesagt, das hat dir der Teufel gesagt«, schrie das Männlein und stieß mit dem Fuß immer wieder so verzweifelt auf die Erde, dass es in 1000 Stücke zersprang ...

— ❀ —

Anmerkungen:

Das Märchen vom Rumpelstilzchen endet hier. Ich kann mich noch gut daran erinnern, wie ich als Kind Mitleid mit dem Männlein empfand – und heute eigentlich auch noch!

Schließlich hatte es doch der Königin dreimal das Leben gerettet. Mit seiner Hilfe wurde sie Königin. Und als sie ihm das versprochene Kind nicht geben wollte, hatte das Männlein erneut Mitleid mit der jungen Mutter und gab ihr noch eine Chance.

Sollte also diese Geschichte wirklich mit dem Tod dieses kleinen hilfsbereiten Männleins enden?

Das ist der Grund, weshalb ich dem Märchen meinen eigenen Schluss hinzugefügt habe – und deshalb heißt es auch bei mir nicht »Rumpelstilzchen«, sondern: »Rumpelstilzchen oder die schöne Müllerstochter.«

Mein ganz persönliches Märchenende

1000 kleine Kristallsplitter lagen nun auf der Erde verstreut.

Verwundert nahm die Königin einen kleinen Kristall auf – und wie sie ihn betrachtete und in ihren Händen fühlte, da war das kleine Männlein wieder da – vor ihrem inneren Auge. Sie sah, wie es in der Kammer stand und so fleißig das Spinnrad drehte ...

Diese Erinnerung erfüllte sie mit großer Dankbarkeit und ihr wurde bewusst, dass Rumpelstilzchen ihr dreimal das Leben gerettet hatte und sie nur durch seine Hilfe Königin geworden war.

Und wie sie das alles bedachte, setzte sie sich nieder und schrieb mit goldener Tinte folgende Zeilen:

*»Liebes Rumpelstilzchen,
hab innigsten Dank für alles, was du für mich getan hast. Durch deine Hilfe bin ich jetzt Königin – und dreimal hast du mir das Leben gerettet.
Auch danke ich dir von ganzem Herzen, dass ich mein Kind behalten durfte. Ich habe dich sehr lieb und werde dich nie vergessen!«*

Dieses Brieflein legte die Königin zwischen die Kristallsplitter und stellte darauf ein Paar Babyschuhe. Es waren die Schuhe ihres Kindes.

Dann legte sie sich schlafen, mit dem Kristall in der Hand.

Am nächsten Tag war alles verschwunden, die Kristallsplitter, das Brieflein und die Babyschuhe. Da wusste die Königin, dass Rumpelstilzchen ihre Botschaft erhalten hatte.

Den Kristallsplitter aber, den sie am Abend zuvor aufgehoben hatte, legte sie auf ihren Nachttisch in eine kleine Schmuckschale und jeden Abend, bevor sie einschlief, nahm sie ihn in die Hand und dankte dem Rumpelstilzchen aus ganzem Herzen.

Von diesem Tag an lebte die Königin glücklich und zufrieden auf ihrem Schloss und wenn sie nicht gestorben ist, dann lebt sie auch noch heute.

der König und das Licht

Der König und das Licht

(Nach einer alten Volkserzählung)

Es war einmal ein König. Der hatte drei Söhne. Als er alt wurde und spürte, dass ihn seine Lebenskräfte verließen und er nicht mehr lange auf dieser Welt leben würde, dachte er darüber nach, welcher seiner Söhne würdig sei, das Königreich zu erben.

Er hatte schon oft gehört, wie sich die beiden Älteren darüber unterhielten und oft gerieten sie dabei in Streit.

Jeder wollte natürlich König werden!

Der jüngste Sohn beteiligte sich an diesen Gesprächen nie. Er dachte nur daran, wie traurig es sein würde, wenn der Vater einmal nicht mehr leben würde.

Überhaupt war der dritte und jüngste Sohn anders als die älteren Brüder. Er war etwas langsam und manchmal auch ungeschickt. Oft saß er einfach nur da und träumte vor sich hin….

Dann spotteten die beiden Älteren: »*Dummling! Träumer!*«.

Eines Tages rief der König seine drei Söhne zu sich, führte sie zu seinen Schatzkammern und sprach:

»*Seht meine Schatzkammern, alle drei sind leer. Das macht mich sehr glücklich! Denn es ist ein Zeichen dafür, dass ich für mich keine Reichtümer angesammelt habe, sondern immer gut für mein Volk gesorgt habe. Wenn ich einmal sterbe, dann sterbe ich in der Gewissheit, dass in meinem Land kein Mensch Hunger oder Not leiden musste und das macht mich sehr froh!*

Und nun stelle ich euch eine Aufgabe: Seht die drei Schatzkammern, sie sind gleich groß. Ich übergebe jedem von euch eine – und derjenige, der seine Schatzkammer innerhalb von drei Tagen zu füllen vermag, soll mein Nachfolger werden!«

»*Aber womit sollen wir unsere Schatzkammern füllen?*« fragten die Söhne.

»*Das ist eure Sache, das müsst ihr selbst herausfinden!«* antwortete der König.

Der älteste Sohn war sehr geld- und goldgierig. Er hatte die Worte des Vaters überhaupt nicht verstanden.

Er schickte seine Diener aus. Sie sollten die reichen Adeligen und Kaufleute bitten, ihm ihre Schätze, ihr Gold und Silber, ihre Dukaten und Taler zu überlassen. Er, der älteste Sohn des Königs würde sie dafür reich belohnen, wenn er selbst König geworden sei.

Am ersten Abend füllte sich seine Schatzkammer schon zur Hälfte. Und der Königsohn war sehr zufrieden.

Am nächsten Tag schickte er die Diener wieder aus, doch als sie nach Hause kamen berichteten sie:

»*Herr, die Menschen in eurem Lande haben kein Gold und auch kein Geld mehr!«*

»Das kann nicht sein!« rief der Älteste wütend! *»Wenn es so ist, dann geht morgen zum einfachen Volk. Zwingt jeden, mir alles zu geben, was er im Laufe seines Lebens gespart hat – gebt nicht nach – holt alles, und wenn ihr es aus den Leuten herauspressen müsst!«*

Die Diener machten sich auf den Weg, doch ihre Wagen waren des abends nur spärlich beladen.

Der zweite Sohn war ein Genießer. Er trank für sein Leben gern Wein, und, da er wusste, dass sein Vater einen guten Tropfen ebenfalls nicht verachtet, beschloss er, seine Schatzkammer mit Weinflaschen und Weinfässern zu füllen. Auch er schickte seine Diener ins ganze Land. Sie sollten allen Wein, den es gab, herbeischaffen.

Am Ende des zweiten Tages war seine Schatzkammer über die Hälfte voll.

An diesem Abend besuchten sich die beiden älteren Brüder. Jeder wollte dem anderen beweisen, dass nur er König werden könnte … und darüber gerieten sie natürlich wieder in Streit.

Doch plötzlich hielten sie inne: *»Wir streiten hier und unser jüngster Bruder hat seine Schatzkammer vielleicht schon gefüllt!«*

Sofort war der Streit vergessen.

Sie liefen zur Schatzkammer des Jüngsten, öffneten vorsichtig die Türe, und spähten hinein. Dann begannen sie zu lachen.

Die Schatzkammer war leer!

Allein in der Mitte saß der Jüngste auf einem Hocker, hatte den Kopf in die Hände gestützt und die Augen geschlossen. So saß er da, ganz still.

»*Du Dummling sitzt hier herum und machst gar nichts! Bist wohl zu faul, um König zu werden!*« lästerten die Brüder.

»*Ich denke nach – und bete – und bitte den lieben Gott, dass er mir hilft!*« sprach er.

»*Als ob der liebe Gott dir die Arbeit abnehmen würde, du Faulpelz! Aber – umso besser, umso besser für uns! Auf diese Art und Weise wirst du uns das Königreich ganz gewiss nicht wegschnappen!*« riefen die beiden und entfernten sich.

Kaum waren sie fort, sprang der Jüngste auf.

Er hatte **die** Idee!

Er lief aus dem Palast, durch die Straßen der Stadt, durch das Stadttor hinaus auf das Feld, zu einem kleinen Bach, und dann immer am Bächlein entlang, durch einen großen Wald bis zu den Bergen.

Er hatte Glück, es war eine mondhelle Nacht und er konnte den Weg gut finden. Jetzt führte der Weg bergauf, höher und höher, steiler und steiler.

die Sonne aufging, hatte er endlich sein Ziel, den Gipfel des Berges, erreicht.

Er stand vor der Höhle des Einsiedlers. Dieser alte Mann lebte hier oben, jahrein, jahraus – ganz allein – so nah am Himmel. Dieses Leben in der Einsamkeit hatte ihn gütig gemacht – und unendlich weise. Viele Menschen gingen zu ihm, wenn sie in Not waren oder Rat suchten und alle fanden bei ihm Hilfe und Trost.

Wie staunte der Königssohn, als er von dem Einsiedler mit den Worten empfangen wurde: »*Gut, dass du gekommen bist. Ich habe schon auf dich gewartet!*«

Als der Königssohn erzählen wollte, weshalb er hier war, sprach der Alte: »*Ich weiß, ich weiß, – ich habe schon alles für dich vorbereitet. Ruh dich erst einmal aus, du bist sicher erschöpft von dem weiten Weg! Ich werde dich beizeiten wecken. Alles wird gut!*«

Der Königssohn legte sich nieder und fiel sogleich in einen tiefen, ruhigen Schlaf.

Als die Sonne hoch am Himmel stand, weckte ihn der Einsiedler.

»*Nun ist es an der Zeit, dass du dich auf den Heimweg begibst. Nimm dieses Päckchen. Darin findest du alles, was du brauchst. Aber öffne es erst, wenn du heute Abend wieder in deiner Schatzkammer bist!*«

Der Königssohn versprach's. Er bedankte sich von ganzem Herzen bei dem guten alten Mann, nahm das kostbare Geschenk und trug es wie einen großen Schatz, ganz vorsichtig, in beiden Händen haltend, den Berg hinab, durch den Wald, am Bächlein entlang, über das Feld …

Und als er endlich wieder durch das Stadttor trat, ging die Sonne unter.

Schnell lief er zum Schloss und eilte in seine Schatzkammer.

Er stellte das Päckchen auf den Hocker in der Mitte des Raumes.

Behutsam löste er die Schnur ...

entfaltete das Papier ...

eine Kerze!

Dazu hatte der Einsiedler noch zwei Feuersteine gelegt. Der Königssohn rieb sie aneinander, bis sie Funken sprühten. Damit zündete er die Kerze an.

Sofort verbreitete sich mildes Licht im ganzen Raum.

Schon hörte er die Schritte des Vaters, der aus den Schatzkammern der Brüder kam.

Der öffnete die Türe und blieb staunend stehen. Sah er doch, wie die Schatzkammer seines jüngsten Sohnes voll war, voll von dem wunderbar milden Licht der Kerze.

Er ging zu seinem Sohn, nahm ihn liebevoll in die Arme und sprach: »*Du wirst mein Nachfolger, denn nur du hast deine Schatzkammer ganz füllen können! Und dass du sie mit Licht gefüllt hast, das macht mich sehr glücklich.*«

Und während Vater und Sohn im Schein des Kerzenlichtes standen und sich umarmten, hörten sie, wie sich die beiden Brüder schimpfend und fluchend entfernten.

Der jüngste Sohn, einst Dummling und Träumer genannt, wurde ein König, wie man sich keinen Besseren vorstellen kann. Auch seine Schatzkammern blieben leer.

Das Volk liebte und verehrte ihn so, wie es den Vater geliebt und verehrt hatte.

Und wenn er nicht gestorben ist, dann lebt er auch noch heute.

Nachwort

Mit diesem Nachwort möchte ich meinen Leser/innen einige Gedanken zu den Märchen anbieten, Gedanken und Deutungen aus einem Schatz unendlich vieler Möglichkeiten.

Diese Deutungen besitzen selbstverständlich keine Allgemeingültigkeit. Was immer **Sie** bei den Märchen erleben, welche Gedanken und Gefühle in **Ihnen** hochsteigen – das allein gilt für **Sie.** Es gibt bei Märchendeutungen kein ›richtig oder falsch‹, hier gibt es nur ein: ›sowohl, als auch‹.

Für Kinder ist diese Art von ›erwachsener‹ Märchendeutung nicht geeignet, denn sie sollten Märchen ganz spontan und unbeschwert erleben dürfen. Frank Jentzsch, einer der bedeutendsten Märchenerzähler im süddeutschen Raum, drückt das so aus:

»Lassen Sie die Kinder noch träumerisch durch die Bilderlandschaften der Märchen wandern!« [2]

Fragen, die Kinder zu den Märchen stellen, sollten natürlich beantwortet werden. Verlassen Sie sich dabei auf Ihr Gefühl, doch hüten Sie sich davor, alles Wunderbare, Geheimnisvolle erklären zu wollen. Es ist gut, wenn Kinder die Erfahrung machen:

Vieles können wir Menschen mit unserem Verstand erklären, doch nicht alles.

Manches bleibt geheimnisvoll, sowohl im Märchen, als auch im Leben.

[2] Frank Jentzsch:« Märchen deuten und erzählen«

Gedanken zu dem Märchen:

»*Der Sterntaler*«

Vor Jahren versprach ich, bei einer Weihnachtsfeier in einem Kindergarten das Märchen vom Sterntaler zu erzählen.

Bei der Vorbereitung kam mir der Gedanke, dass die Vorstellung, derart mutterseelenallein und dazu auch noch ganz arm auf dieser Welt zu sein, so manchem Kind Unbehagen, zumindest Angst bereiten könnte, vor allem dann, wenn es sich selbst zu Hause nicht sicher und geborgen fühlen darf.

So kam ich auf die Idee, meinem Sterntalerkind dieses unerschütterliche Vertrauen und dieses tiefverwurzelte Gefühl der Sicherheit zu verleihen.

Sicher kennen Sie das Sprichwort:

»*Denn die Freude, die wir geben,
kehrt ins eigne Herz zurück.*«

Das Sterntalerkind lebt diese Freude.

Für mich hat dieses Märchen aber auch noch eine andere Botschaft:

»Klammere dich nicht an materielle Güter!
Sei mutig!
Lerne loszulassen!

So wirst du frei, – offen und bereit für Neues.
Es könnte ja sein, dass das Leben für dich unerwartete Schätze (z.B. »Erfahrungsschätze«) bereit hält und dass es dich mit »Sterntalern« verschiedenster Art beschenken möchte.«

Gedanken zu dem Märchen:

»*Rumpelstilzchen*«

Dieses Märchen beginnt mit einer gewaltigen Lüge. Wenn Eltern auf ihr Kind stolz sind, dann ist das ganz normal, ja es ist sogar wünschenswert.

Doch Vorsicht! Dieser Stolz darf nicht zu Angeberei werden, denn wer angibt, nimmt es meist nicht so genau mit der Wahrheit, er übertreibt, übertreibt vielleicht so sehr, dass gewaltige Lügen dabei entstehen. Und mit solch einer Lüge stürzt der Müller in unserem Märchen seine Tochter beinahe ins Verderben.

Wenn Eltern sich wünschen, dass es ihrem Kind einmal gut gehen soll, möglichst besser als sie es haben, ist das ebenfalls normal, ja wünschenswert.

Doch Vorsicht! Dieser Wunsch darf nicht dazu führen, dass sie ihr Kind in ein »Schloss« geleiten, das ihren eigenen Vorstellungen entspricht und dass sie es einer Situation ausliefern, in der es aussichtslos überfordert ist. Die Eltern müssen wissen, dass es ihre Aufgabe ist, ihrem Kind behilflich zu sein, seinen eigenen Weg zu finden und zu gehen, so dass es schließlich bei sich selbst – »in seinem eigenen Schloss« – ankommen kann: Nur dann wird es ein glückliches und zufriedenes Leben führen können …

Nun ein paar Gedanken zu Rumpelstilzchen:

Dieses seltsame Männlein mag ein Gnom, Naturgeist oder Kobold sein – wir wissen es nicht.

Sicherlich ist es ein Wesen aus der ›Anderswelt‹, denn es heißt, dass sie ihren Namen und ihr Alter nicht preisgeben wollen. Jedenfalls besitzt dieses Männlein Zauberkräfte und die Fähigkeit wahrzunehmen, wenn jemand in Not ist. Auch ist es bereit zu helfen, wenn es dafür einen Lohn erhält. Und der steht ihm auch zu.

Als die Müllerstochter ihm nichts Materielles mehr geben kann, verlangt Rumpelstilzchen ihr erstes Kind. Es verzichtet auf alle Schätze des Königreichs. »Etwas Lebendiges ist mir lieber« spricht es. Wie wichtig ist ihm doch das Kind! Rumpelstilzchen tanzt vor Freude und will alles bestens vorbereiten, Kuchen will es backen und Bier brauen.

Nun zur Müllerstochter:

Sie befindet sich in einer ausweglosen Situation: Sie lässt ihren Tränen freien Lauf, lässt ihre Gefühle zu, – und plötzlich steht unerwartete Hilfe vor ihr, Hilfe in der Gestalt des Rumpelstilzchens ...

Beim dritten Mal verspricht sie dem Männlein ihr Kind. So verzweifelt ist die Lage, die Angst so groß, dass der Verstand ausgeschaltet wird. Und dann wird dieses schreckliche Erlebnis, dieses fürchterliche Versprechen gänzlich verdrängt ...

Schließlich weiß sie am dritten Abend den Namen des Männleins. Verzweifelt reißt es sich in der Mitte entzwei – so die eine Version –, und in einer anderen Version zerspringt es in 1000 Stücke, jedenfalls ist es nun tot.

Die Bedrohung, die vom Rumpelstilzchen ausging, ist damit ausgelöscht. Wir kennen das: Wenn man das, was einem Angst macht, »beim Namen nennt«, hat man schon viel gewonnen. Man kann darüber reden, Lösungen suchen, das Bedrohliche auflösen ... bis es verschwunden, also tot ist.

Als die Königin schließlich mit ansehen muss, wie dieses Männlein vor lauter Verzweiflung in 1000 Kristallsplitter zerspringt, wird ihr bewusst, wie viel es für sie getan hat. Während sie vielleicht vorher das Rumpelstilzchen nur »benutzt«, »ausgenutzt« hat, empfindet sie jetzt große Achtung und Dankbarkeit ihm gegenüber.

Selbstverständlich kann sie nur dann ihren inneren Frieden finden, wenn sie für einen gewissen Ausgleich sorgt. Der Brief und das allabendliche Gedenken voller Liebe und Dankbarkeit an den kleinen Helfergeist lassen sie schließlich glücklich und zufrieden weiterleben. Dieser Reifeprozess trägt dazu bei, dass »ihr eigenes Schloss« schöner, heller und liebevoller wird ...

Gedanken zu dem Märchen:

»Der König und das Licht«

Vor Jahren hörte ich diese »weise« Geschichte in einer Predigt.

Der König und seine zwei Söhne [3]

Sie beeindruckte mich derart, dass daraus dieses Märchen entstand.

Wenn ich es Kindern erzähle, stimmen wir uns mit einer kleinen »Lichtmeditation« auf das Märchen ein. Jedes Kind erhält eine Kerze. Zu Entspannungs- oder Harfenmusik zünden wir uns gegenseitig die Kerzen an mit den Worten: »*Ich schenke dir mein Licht!*« Dabei beobachten wir, wie es heller und heller wird und das Licht den Raum verändert.

Je mehr Licht wir verschenken, desto heller wird es …

Und wenn man bedenkt, dass das Licht ein Symbol für die Liebe ist, dann verstehen wir auch, weshalb sich der alte König so sehr darüber freute, dass sein jüngster Sohn die Schatzkammer mit Licht füllte.

[3] (nachzulesen im Internet unter: „Weise Geschichten")

Zur Erzählerin

Brigitte Hagen, geboren 1942 in Garmisch-Partenkirchen, lebt seit 1998 in Ostfriesland.

Schon früh entdeckte sie ihre Liebe zu Märchen. Als Grundschullehrerin hatte sie große Freude daran, den Unterrichtsstoff so zu vermitteln, dass die Fantasie der Kinder angeregt – und ihre Gefühle angesprochen wurden – und womit könnte man das besser tun, als mit Märchen und Geschichten? In dieser Zeit entwickelte sie ihren ganz persönlichen Erzählstil.

Seit ihrer Pensionierung bringt Brigitte Hagen ihre ›Märchenschätze‹ kleinen und großen Leuten.

Es ist ihr ein besonders großes Anliegen, das Kulturgut der Märchen lebendig zu halten.

In ihren Veranstaltungen, vorwiegend im ostfriesischen Raum, wird sie von der Harfenspielerin Heike Tönjes begleitet.

Gemeinsam treten sie auf unter dem Namen ›Märchen-Klang aus Fehnland‹.

Zur Illustratorin

Anne Hagen, Jahrgang 1968, lebt in Berlin und arbeitet als Heilpraktikerin und Physiotherapeutin.

Sie hat selbst vier kleine Bücher für Kinder und Erwachsene herausgegeben. Jedes Buch enthält eine Geschichte voller Lebensweisheit und ist mit farbigen Bildern liebevoll illustriert.

In der Reihe ›Alte Märchen neu erzählt‹ hat Brigitte Hagen bisher zwei Bücher mit folgenden Erzählungen herausgegeben.

Band 2
– Das Sonnenfünklein
– Vom Fischer und seiner Frau
– Der alte Silvester und das Neujahrskind

Band 3
– Die drei Federn
– Die Froschprinzessin
– Die kleinen Leute von Swabedo